Kristuksessa meillä on voitto sodasta

Kristuksessa meillä on voitto sodasta

Paavo Räisänen

Olen julkaissut aiemmin BoD:in kustantamana useita kirjoja.
Kirjailija sivuni: www.kirja-lakka.com

Kustantaja: BoD · Books on Demand,
Mannerheimintie 12 B, 00100 Helsinki, bod@bod.fi
Kirjapaino: Libri Plureos GmbH, Friedensallee 273,
22763 Hampuri, Saksa
ISBN: 978-952-80-8490-7

1

Jumala on tuhonnut kielletyn puun.ihminen saa nyt tietää ja haluta tietää monia asioita.mutta ihminen ei saa haluta tietää niitä Jumalan salaisuuksia.mitä Jumala ei kerro.eikä ihminen saa haluta tietää ja tuntea ihmisen salaisuutta.

mitä on perisynti.Jumala antaa lapsen taivaasta äidin kohtuun noin vuorokausi sikiämisestä.lapsi on synnitön.se ei kanna syntiinlankeemuksen takia veressään syntiä.lapsi kuitenkin tulee vieteltyä hyvin pian äidin kohdussa äidin synnin ja kohdun ulkopuolisten äänten vaikutuksesta.kukaan ei ole syntynyt synnittömänä.paitsi Jeesus.joka kesti perisynnin kiusaukset.

Kaikki lapset syntyvät taivaaseen.Raamattu kertoo Nooan aikojen synnistä:Jumalan pojat ottivat maailman tyttäriä.Raamattu sanoo uskovaisista:jotka pitää Jumalan pojiksi kutsuttaman.poika on Jumalan poika kun syntyy.mutta ei Jumala kuten Jeesus.kaikki maailman miehet ovat syntiin langenneita Jumalan poikia.tyttö.nainen on Yljän morsian.Siionin neitsyt.

synnit saa Siionissa uskoa anteeksi.kukaan ei selviä lankeamatta koskaan.Kristuksen armo korjaa lankeamisen.

profeetta Hesekiel näki kuivettuneet luut kedolla.Luther selittää sen kuolleiden ylösnousemuksena.luut saivat vielä lihaa.viimeisellä tuomiolla kaikki muutetaan lihaksi.kuihtuneet luurankomaiset ihmiset.pahimmatkin noidat.kaikki saavat sen jälkeen.mitä ovat lihassansa tehneet.kuten Raamattu sanoo.uskovaisen osa on autuas.ei pelkoa tuomiolla.heille kuuluu vain:tulkaa te minun Isäni siunatut.nauttimaan hääateriaa.

Hesekielelle näytetyn voi selittää myös toisin.kuivettuneet luut olivat kuihtuneita ihmissieluja.he olivat jo luopuneet uskostaan.luopuneet toivosta.kävi vielä Jumalan armo.kuihtuneet luut saivat lihaa.kuivettuneet sielut saivat elämää.heille tarjottiin vielä armoa.

Ensimmäinen luotu ihmispari oli Aadam ja Eeva.he saivat asua ja kulkea synnittöminä Paratiisissa.he eivät saaneet kysyä.keitä olivat.millaisia.Jumala loi Paratiisiin kielletyn puun.se symbolisoi uskoa.tuli käärme.saatana.vetosi:ihminen tietää kaiken kuin Jumala.jos syö puusta.ihminen lankesi.siitä lähtien ihmisessä on ollut hänen ensimmäinen syntinsä.tiedonjano.

Raamattu sanoo:"henki on veressä."se ei tarkoita.että Pyhä Henki sijaitsisi fyysisesti veressä.nesteessä.joka on kehossamme.se tarkoittaa.että henki on Jeesuksen veressä.veressä joka vuoti Golgatalla syntiemme sovitukseksi.

2

Vanhan Testamentin aikana uhrattiin syntiuhreja.kukaan ei pelastunut uhraamalla.eikä saanut niin syntejä anteeksi.uhri oli Vanhan Testamentin Jumalanpalvelus.uskovaiset ovat saarnanneet syntejä anteeksi aina Paratiisista karkoituksesta lähtien.heille annnettiin lupaus Jeesuksesta.lupaus pelasti ja antoi syntien anteeksiannon.lupaus täytettiin ristillä.lupaus sinällään pelasti jo silloin.kun se annettiin.Jeesus sanoi aikojen alussa.ennenkuin koko maailmaa oli luotu isälleen:"luo sinä.minä lunastan."synnit sovitettiin lupauksena jo silloin.ristillä tapahtui lupauksen täyttymys.

Vanhan Testamentin käärme oli hirvitys.hän oli mies.saatana ihmislihassa.ja hänellä oli pää tappaa Jumala uhriltaan.Jeesus polki rikki tuon pään.lisäksi Jeesus voitti ristillä taistellessaan saatanan.joka enkelinä rusikoi Jeesuksen synnitöntä ruumista.

käärme jäi elämään.sen pää oli poljettu rikki.se oli ajettu pimentoon.se ei koskaan tunnusta tappiotaan.pyrkii nousemaan.kun synti saa valtaa.

Nooan aikaan vedenpaisumuksessa tuhoutui koko Nooan tuntema maailma.ei koko maapallon kansat.vesipatsaat pysähtyivät jonnekin korkeaksi muuriksi.monet maapallon kansat tuntevat vedenpaisumus kertomuksen.kaikkialla maan päällä havaittiin esim. meriveden nousua.joka kuitenkaan ei tuhonnut kaikkea.

Jeesus opetti sinapinsiemenestä pienimpänä siemenenä.se oli pienin tunnettu siemen.Jeesus toki tiesi, ettei sinapinsiemen ole maailman siemenistä pienin.Jeesus ei jättänyt biologian oppikirjaa.

Aabrahamille oli Jumala luvannut perillisen.pojan.Aabraham varttui lapsettomana.vanhalla iällä Aabrahamin vaimon.Saaran usko petti.hän antoi palvelijansa jalkavaimoksi miehelleen.palkkavaimo Hagar synnytti Ismael pojan.Aabraham kuitenkin sai myös Saarasta lupauksen pojan.Iisakin.Hagar ja Ismael kävivät hävyttömiksi.Jumala käski ajaa heidät pois.Jumala ei kuitenkaan hylännyt heitä.Raamattu kertoo.kuinka Jumalan enkeli ilmestyi heille korvessa.Ismael ja Hagar kulkivat maille.joissa oli arabikansoja.arabit eivät ole heidän jälkeläisiään.vaan kansa joka on Jumalan luomana asunut siellä ihmisten luomisesta lähtien.Hagar ja Ismael saivat hyvän elämän heidän luonaan.

Jumala kielsi vannomasta.kaikki vannominen on saatanan ase toimia.kaikki valat rikotaan salaisesti.saatana painostaa vannojaa sillä.saatana toi miehen sanan:minä olen sanonut.menetän pääni.jos pyörrän sanani.jokainen ihminen erehtyy.joutuu tunnustamaan pienuutensa Jumalan edessä.että Hän yksin tietää kaiken.saatana painostaa ihmistä kaikkitietävyyteen.pysymään sanassaan.on oikein antaa lupauksia.miten toimii.ei miehen sanaa.ei vannoa valaa.

Jumala kielsi vannomasta.Hän ei anna valaa.valat laatii ihminen.saatana painostaa pitämään vala.vaatii pysymään sen pykälissä.sillä saatana vaatii oikeutensa lain edessä.uskovainen joutuu tunnustamaan erehtyväisyytensä.hän ei tiennyt kaikkea.hän ei pystynyt kaikkeen.hän lankesi.hän sai anteeksi."Enemmän tulee kuunnella Jumalaa kuin ihmistä." opettaa Raamattu.valaa ei aina voi pitää.Jumalan oikeus vaatii rikkomaan ihmisen laatiman valan.

3

Aivot ovat Jumalan omaisuus.niitä ei saanut tutkia.ei niiden toimintaa.henget antavat vastauksia.miten aivojen toiminta tuhotaan aivo opein niille.jotka niiltä.yleensä tietämättään.neuvoa kysyvät.

Ihminen on kokonaan Jumalan omaisuus."Ettepä te ole teidän omanne",kirjoittaa Raamattu.ihmisen liha on syntinen.se ei peri taivasta.se jää tänne.haudataan ja maatuu.uusi osamme.sielumme ja ylösnousemusruumiimme on kuolematon.se tuomitaan kerran viimeisellä tuomiolla.Jumalan omilla on vain armahtava tuomio.anteeksi annettuja syntejä ei tuomiolla muistella.

Ihmisen himo on tuntea ihminen.tutkia häntä.tämä on synti.mikä tapahtui syntiinlankeemuksessa."Te tulette kaikkitietäväksi kuin Jumala", sanoi käärme.saatana.ihmisellä on halu tutkia ihmisen lihaa.lyödä siihen omia piikkejään.jo lapseen.hallita häntä näin.lapsessa on himo.saatana opetti.se on seksuaalisuus.himo oli luomisessa puhdas.hyvä.Jumalan luoma.tarkoitettu toteutettavaksi.saatana vihasi tätä.se ei saanut anteeksi Jumalalta.että oli himoinnut Jeesuksen synnitöntä lihaa.se olisi saanut anteeksi.se ei uskonut.otti tuomion.nousi kapinaan Jumalaa vastaan ja nosti taivaassa sodan.Jumala löi hänet.tätä saatana kostaa ihmiselle.

lapsessa on syntiä.myös hänen lihassaan.hänelle kuuluu saarnata synnit ja tottelemattomuudet anteeksi.on saatanan oppi tehdä lapsen himosta tiedettä.hallita näin hänen käytöstään.

ihminen lankesi syntiin.halusi tietää ja tutkia kaiken.hän etääntyi Jumalasta.korkeasta elintasosta.tiedosta.kaiken hallittavuudesta ihmisvoimin.tuli hänen jumalansa.hän alkoi luoda itselleen keinotekoisia maailmoita.lapsille alettiin opettaa mielikuvitusta.joka on uskon kilpailija.mielikuvitusta ei ole.kaikki on totta jossain.

Lahjoja ei ole oikein kehittää millä keinolla hyvänsä.on menetelmiä.jotka ovat Jumalan neuvoja vastaan.monet pyytävät henkivalloilta apua.monet oppimismenetelmät ovat tällaisia.niiden kehittäminen niin sanotusti uuden tiedon avulla.joka tieto olikin henkivalloilta.joihin ei saanut tukeutua.ei ole oikein.oikein on rukoilla Jumalalta siunausta työlle.opiskelulle ja oikean tiedon hankintaan.Jumala antaa sen määräosan itse kullekin.jonka näkee hyväksi.

4

Raamattu sanoo:"eipä ihmisessä ole mitään omaa." Me olemme kokonaan Jumalan teko ja omaisuutta.meissä on vain vähän omaa.Jumala loi ihmiseen kuitenkin jotain omaa.ihminen saa itse valita.kuunteleeko Häntä vai sielujen vihollista.hän saa valita herransa.hän ei voi hallita itseään.jos antaa itsensä pahalle.syntiinlankeemuksessa ihmiseen tuli taipumus kuunnella vihollista.ihmisen ajatukset eivät ole hänen hallinnassaan.Jumala ohjaa niitä.mutta koko ajan sielujen vihollinen.langenneet enkelit ja henkivallat pyrkivät vaikuttamaan niihin ja omimaan ne.

Raamattu varoittaa:"järki sotii uskoa vastaan."Jumala on kieltänyt mieheltä järjen käytön.nainen epäilee kaikkea ja käyttää järkeä.miehelle järjen käyttö tuo saastaisen himon.sillä järki ei ole Jumalalta.vaan sen antaa sen herra.saatana.

Raamattu sanoo myös:"Eipä luonnollinen ihminen käsitä niitä.jotka Jumalan ovat."järki ei ymmärrä Jumalan salaisuuksia.järki tuhoaa uskoa ja uskon maailmaa.

teologia oli vihollisen ase.käyttää järkeä uskon asioiden selittämisessä.kun Jumalan antama siunaus ja ymmärrys ja ilmoitus ei riittänyt.

väärät kirkkoisät käyttivät järkeä.oikeat eivät.vaikka taistelivat filosofiaa ja väärää teologiaa vastaan sen keinoja käyttäen.

kuinka syntyi käsite seksuaalisuus.saatanan ase tuhota ihminen ja saastuttaa hänen himonsa ja tuhota Jumalan Sanan ilmoitus ihmisestä ja joka johti järkioppiin.kumota koko Raamattu hulluutena.saatanan oma mies.saatana ihmislihassa teki huorin naisia.hän kertoi järkyttyneille naisille opin seksuaalisuudesta ja naisten oikeuksista.nämä naiset menivät freudin ja muiden psykologien puheille ja kertoivat saatanan kertoman opin.freud oli väärä profeetta.langennut ja uskoi opin ja teki siitä tieteen.hän alkoi kertoa nyt itse naisille.jotka tulivat hänen puheilleen heidän seksuaalisuutensa.oppi sai kannatusta.syntyivät nais käärmeet.jotka tekivät huorin ja todistivat opin olevan oikea.

saatana ja henget eivät voi koskaan puhua totta ja kertoa totuutta.Jumala löi saatanan kieroksi.kun ajoi saatanan sen kapinan takia taivaasta.saatana voi puhua vähän aikaa totta.mutta lopulta se valehtelee aina.niinpä kaikki sen antama tieto on valetta.mutta se vaikuttaa huorinteon kautta ja saa ihmiset uskomaan sen järjestämässä maailmassa.että oppi on totta.

Jumala tarjosi ihmiselle puhtaan himon ja ihmisen tarvitseman tiedon.totuuden.mutta Raamattu kertoo saatanan työn:"ihmiset rakastivat enemmän pimeyttä.kuin valkeutta."ihmisellä oli himo tutkia ihmistä.hänen lihaansa.se toi saastaisen himon hänen lihaansa ja mieleensä.koitti päivä.saatanan valta kasvoi suureksi.saatana kirjoitutti opit ihmiselle oppikirjoihin.saastutti ihmisen mielen.

Raamattu varoittaa avaruuden henkivalloista.avaruuden henkivalta on paha.se on syypää maailman syntiin.se vietteli henget.jotka viettelivät saatanan.avaruuden henkivalta on pahempi ja vahvempi kuin saatana.mutta sillä ei ole oikeus olla maan päällä.synti saa aikaan.että se saa valtaa aika ajoin.avaruuden henkivalta on lähinnä saanut aikaan satuja lapsille.keski-ajalla se teki kadotuksen naisen pimeyteen ja esim. kreivi draculan.avaruuden henkivalta on sellaisten voimien.kuin tuomiopäivän ruhtinaan takana.nämä voimat joutuvat katoamaan Jumalan Sanan ja voiman edessä.sillä niillä ei ollut oikeutta tulla maan päälle.

avaruuden henkivalta saa aikaan lähinnä sadun omaisia tarinoita.jotkut kuitenkin tekevät näistä totta huorintekona ja niistä.tarinoista tulee totta.kadotuksen nainen syntyi.kun avaruuden henkivalta kertoi naiselle hänen mustan veren himon salaisuuden.samoin kuin saatanakin.henkivallat valehtelevat aina.vain Jumala kertoo totuuden.

avaruuden henkivallan otteesta voidaan vapauttaa.se on henki.joka joutuu pakenemaan Jumalan Sanan edessä.

5

saatanan nainen syntyi pahoissa huorinteoissa.joissa tehtiin lihaan himon arvet saatanan piikeistä.jotka syntyivät harhaopeista.jotka saatana antoi.pahoista harhaopeista voi saada parannuksen.saatanan piikki on mies.joka otti saatanan opin.murhasi sillä.vaatii opin ikuisesti.elää pimeydessä.

Raamattu tuomitsee monin paikoin himon ja varoittaa siitä.Lihan himo on vain yksi himo.sen Jumala loi puhtaaksi ja tarkoitti toteuttaa sitä.pojan ensimmäinen siemensyöksy ja miehen siemenen lasku ylipäätään tuomittiin pitkään huorintekona.se oli totta sen takia.että saatana oli saastuttanut himon niin.että huorinteon synti tapahtui.sillä saastainen himo.tekona tai pelkästään katseena.kuten Jeesus opetti.on huorinteko.Jumala tarkoitti pahalla himolla kuitenkin paljon muuta.rahan.vallan.kunnian ja väärän tiedon himoa.sillä ihmisen ensimmäinen lankeemus Paratiisissa oli tietää kaikki.kuin Jumala.

sukupuolielämä kuuluu vain avioliittoon.Raamattu tuomitsee jo riettaan halauksen.siemenen lasku ei sinällään ole synti.Jumala tarkoitti toteuttaa se.miehen liha ja tunto kuolevat.jos ei toteuta.tuskin kuitenkaan usein saa puhdasta himoa ja siksi siinä yleensä tapahtuu synti.se on kuitenkin vain yksi syntimme.rikomme jatkuvasti Jumalaa vastaan jo ajatuksin.ihminen on läpeensä syntinen ja tarvitsee Jumalan armoa ja syntien anteeksi saamisen Evankeliumia.

42

saatana teki tämän.hän vaati järkeen ja ihmisymmärrykseen käyvät opit kaikesta.hän vaati selittämään Pyhän Hengen.jota ihminen ei käsitä.meille on riitettävä Raamatun ilmoitus:se on Jumalan kolmas persoona.asuu uskovaisessa.saatana vaati selittämään lain teologisesti.sitä ei voi selittää.mitä on laki Siionissa.uskovaiselle ei kuulu laki.mutta Raamattu sanoo:laki on hyvä. ja jatkaa:"emmepä me silti laitta ole."uskovainen voi tippua lain alle.jos ehdoin tahdoin tekee syntiä.rikkoo lakia.laki ei ole ohjeisto uskovaiselle.laki on olemassa.emme ole laitta.Raamattu kertoo sen.saatana vaatii selittämään kaikki asiat ihmisymmärrykseen menevästi.ei jätä siaa uskolle.

teologia tuo oman lakinsa ihmiselle.nimenomaan uskovaiselle.vetää armon lapset lain alle.sen orjuuteen.teologian lain nimi on järki.luo opettajia.joilla muka on ylivertainen ymmärrys joka asiasta.selittää Raamattua järkeen menevästi.opettaa.ei riitä että tuntee Raamatun ilmoituksen.uskoo sen mukaan.jollain on järkeen menevä ylivertainen tietämys asioista.joilla selittää Raamattua.järki on laki uskovaiselle.se on saatanan ase.

saatana teki tämän.hän vaati Jumalan vallan ihmiselle.Raamatun kirjoittajat olivat pieniä Jumalan edessä.he tunnustivat sen.mitä Raamattu todistaa Raamatusta:Raamattu on Pyhän Hengen kautta tullut Jumalan ilmoitus.ei sen kirjoittajien Sana.saatana loi vääriä kirkkoisiä ja muita opettajia.he vaativat opin.me selitimme.me ymmärrämme Raamatun.me määräämme tällä opilla ihmistä.näin syntyi teologian laki.Moosesko antoi lain.Raamattu todistaa:Jumala kirjoitti itse sen sormellaan lain tauluihin.Jeesus oli Jumala ihmislihassa.Hän ilmestyi Moosekselle Siinain vuorella.kirjoitti lain kivitauluihin sormellaan.

"Henki on veressä."Jeesuksen veressä.joka vuodatettiin edestämme.ehtoollinen on muistoateria:"niin usein.kuin te sitä nautitte.tehkää se minun muistokseni."Jeesus sanoo myös:"minä olen elämän leipä.minun ruumiini on totinen ruoka."syntejä ei saa anteeksi ehtoollisella.se on muistoateria.jossa nautimme aterian.Jeesuksen itsensä.joka tarjoaa lihansa ja verensä meille uskon vahvistukseksi.Luther oli Wittenbergin linnassa saatanan vanki.Hänen nimissään valehdeltiin Katekismus ja kirkkojärjestys.Luther olisi ollut Lestadiuksen tapainen herättäjä.Hänen postillansa kertovat sen.Häntä ei kuunneltu.ei kuunnella vieläkään.

"Henki on veressä."mitä se tarkoittaa.Raamattu sanoo:"ilman veren vuodatusta ei ole yhtään syntien anteeksi saamista."Jeesuksen veri on sovintoveri Isän edessä synneistämme.

Jeesus käski saarnata syntejä anteeksi Hänen nimessään.vain Hänen veressään on syntien anteeksiantamus.siitä sanat:"Synnit ovat anteeksi Jeesuksen Nimessä ja Veressä."